MARCY

di
Silvano Baldi

Youcanprint *Self-Publishing*

A Francy, che mi suggerisce.

“E subito, vedendo che molti nomi di donnine giapponesi corrispondono a dei fiori, Luisa Cima trovò subito il suo: madame Héliotrope. Il fiorellino di così chiaro viola, di un profumo carezzevole nella sua acutezza, l'eliotropio, fu il suo fiore: ed ella non firmò altrimenti, e non volle che altrimenti la si chiamasse che col nome di Madame Héliotrope. Pure, a sentirselo dare da Paolo Collemagno, ella era presa, immediatamente, da una tristezza e mormorava, in quel francese che era stato sempre la sua lingua prediletta e che rimaneva prediletta:

—Pauvre madame Héliotrope!”

Matilde Serao, gli amanti.

Titolo | Marcy

Autore | Silvano Baldi

ISBN | 978-88-91185-38-9

Youcanprint Self-Publishing

Via Roma, 73 – 73039 Tricase (LE) – Italy

www.youcanprint.it

info@youcanprint.it

Facebook: facebook.com/youcanprint.it

Twitter: twitter.com/youcanprintit

Da quando sono tornato da Marsiglia, tutto mi sembra più umido, pure le scorpacciate di salsiccie allo Zen e le andate in Vucciria.
- sono dannatamente tua, esclama Jaqueline, che da Dublino si è trasferita a Palermo per via del clima.
- tua, tua, tua, e guai a chi me lo leva dalla testa.
Scendiamo dalla macchina, un'audi blu.
L'aria è fredda, e una gazzella, al guardarci, cambia percorso.
Meno male. Per tutto giugno, Luglio e Agosto e Settembre e Ottobre e Novembre non mi fermeranno.
Passa un'Audi 1000. Al volante Gabro che sta ingrassando sempre di più, maronna. Andiamo a Sferracavallo per prendere un po' d'aria.
Le volute blu del piastrellato ci affascinano.
jacky è seriosa. Apre il portafogli e conta quattro euro,
giusto per un cornetto e un caffè dice guardandomi malissimo.
In effetti io non faccio un cazzo, mi faccio e basta.
Vuccirìa. Grigio topo , bagnato e odore di carne.
Di cipolline affumicate, grida di giovani che sbraitano per un po d'erba o una cartina o il solito Negroni. Maior apre i conti.
Un gruppo di quattro donne mi lusinga. Io passo dritto.
Non mi piace essere guardato dalle donne, mi piacciono gli uomini dai trent'anni in su.
- Marcello, non ti prendere più l'antidepressivo, è cosa da maniaci, da pervertiti.
-Lo so, Jaqueline. Non lo prenderò mai più, farò come mio padre che ci pensava sette volte prima di prendere un ansiolitico.
-che scrivi bene, esclama Antonio.
Abita in un palazzo in via Pisa e abbiamo una corrispondenza d'amorosi sensi.
La Boucherie è dei Caracciolo. V'era un quadro bellissimo in piazza Garraffello, ora l'hanno trafugato. Era una madonna che teneva un velo ricamato con le mani chiuse a pepino.
Era dei Carapezza Figlia di Granata.
Per Ligabue siamo il sale della terra. Non ci credo.
Credo solo nelle preghiere sussurrate prima di dormire. Padre nostro, credo e ave. Le dico al caldo del mio letto di via Antonio Veneziano con la serranda alzata. Mi piace vedere il cielo, si ha una sensazione magica, come di libertà.
Ah, che parola libertà, propugnata ai pezzenti come speranza,di vita.
Ma che cos'è la libertà senza una macchina, un po' di zucchero, del,caffè, del vino, della coca e delle màrlboro? A volte sul cielo appare l'orbe del mio occhio.
Anto mi scava le ossa. È un ragazzo che mi fa' troppa simpatia. accollativo.

Radio. Sono in una stazione trance, mi sentite, vi parlo dallo spazio, da un'altra dimensione. Ma come sono belli gli amanti della Serao, vi consiglio di leggerli, si possono scaricare gratis come epub.
Domani devo alzarmi presto, cazzo.
Ordina il suo campari soda alla 'taverna azzurra'.
Lui è assente, è maledettamente assente, non me lo sono tolto dalla testa.
Sono nervoso, mi sento le vene del cuore e una Lagrima Christi m'è scesa poco fa a letto. Un'impressione assurda.
- capita a tutti dice Jacky che in fatto di omeopatia ne capisce molto.
Non l'ho visto mai così, sarà per via di tutto quel grasso che ottunde i nervi, pensa.
Ascolto Lou Reed, è morto da poco e con mamma ce lo siamo visti passare in cucina.
Dicono che cammini storto, che abbia la gobba. Ma io me ne fotto. Mi spavento soltanto di passare dal luogo dove una volta mi sono preso la scossa.
Un maEdettissimo,giovedì di Marzo, credo.
Tutto ok. Domani sarà un giorno come gli altri.
Sono belle queste nottate di Gennaio sotto la pioggia.
Mamma dorme.
Ho comprato il contrabbasso.
Spero che Spotify funzioni pure senza connessione. Eppure un modo lo devo trovare per connettermi.
La condizione degli edifici scolastici non è penosa, ma mancano le sovrastrutture, il riscaldamento, i computer funzionanti e tutto quanto ti faccia sentire al caldo e con un lavoro dignitoso. Invece stiamo all'addiaccio e senza computers
Caldo.

Cammino come una vecchia, vado a prendere il vino come una vecchia.
Voglio che i gay abbiano più potere, e questo sta succedendo.
Dicono che le parole uccidano più delle spade, ma io me ne fotto.
Voglio una vita felice e serena, alzarmi la mattina, pieno di passione e orgoglio.
Adoro la carità, la misericordia, la preghiera: il resto: baggianate, stronzate.
Come gli acuti degli uccelli che ti stonano se sei in coca. Ti penetrano i gangli del cervello.
È bello farsi via dei Cipressi o viale regione pregando, ti mette la pace dentro.

Ma ti ricordi quando andammo soli e senza alcun sospetto alle sette meno dieci da Bobbuccio.
Maman era ricoverata per una brutta polmonite, ero di un umore nero.
Ascolto Kleijne da mane a sera. Non lo danno molto alle radio. Non so perchè. Dovrebbero Passarlo. È una canzone molto bella. Ecco, lo han rimesso, ah, no, han messo l'altra. Ma tu ci sei stato alle Canarie? Io me ne andai prima. Troppo tanfo di morte.
Marcello si sfilò le calze,e si mise in vestaglia.
Voglio sposarmi con Kleijn. È davvero bravo. Il suo genere indie m'intriga.
Passa per il pop per sfociare nella trance.
Marcy lusinga Jacky, le compra una pianta di pomelie e si prepara a passare un lunedì gramdioso.

O Dio, Fa che possa dormire una notte beata.
Senza visioni strane, senza paure, senza scene di sesso ma solo praterie rosa o verde chiaro e soprattutto non essere ghiotto delle sembianze altrui, eleva la mia famiglia, fanne triade d'espressione, di cominciamento.
Jackie prepara una cotoletta degna di nota e io continuo a scrivere.
Questo Klejine è davvero bravo. Chissà domani su bitstrip...
Ma è vero che spiano tutto? Io vorrei non crederci.

La casa è al decimo piano. Si arriva tramite un ascensore dorato. Lì ci sta un professore con la sua mamma. È un palazzo pieno di antifurti e hanno ragione visto i ladri che girano. Jacky abita con noi.

Giangiorgio, il bellimbusto di casa De Mennis passeggiava nervosamente allo Zen. Doveva togliersi la roba di dosso a quaranta euro ogni mezzo grammo.
Chissà che risate crasse s'è fatto, m'ha preso per un quarantenne viziato.
Hanno una morale Seria i siciliani che non li puoi distogliere dai loro convincimenti neanche ammazzati...
Avevo trentacinque, domani passo!
Domani indosserò i jeans attillati.
È svanito l'antifurto, ah , no, è ricominciato, dev' essere una macchina nuova.

Da quando mi sono fatto male alla mano vedo tutto più stabile, più consono al mio stato d'animo. La realtà mi sembra estremamente abbordabile. Ho una casa, un lavoro, un amico fidato, il mio riflesso degli,occhi ha la forma delsole.
Ho un male alla mano boia.

Ma ti ricordi le serate alla vucciria, com'erano e come sono belle. Coi rigagnoli d'acqua lercia sul tombino, dove vanno a finire i mozziconi delle sigarette.
Com'è mite Palermo, è un immenso giardino.
Ho l 'insonnia ma...
-è normale alla tua età, riprese Jacky.
Lei, la sciantosa della vucciria.
Sempre che ci guardavamo.
Chissà dov'è, se mi sta pensando.
Capelli nero corvino, gonna e treccia.

Sballo Jaqueline, invito un amico, Lorenzo.
La portineria è uno spazio comune. Nel mio palazzo ci sono settantadue appartamenti più un ufficio, il consorzio di bonifica del Belice.
È bello chiudere la porta e sentirsi al riparo dall'altrui compiacenza. Dall'alterità. Epperò, non so resistere più di tre ore solo. Poi ho bisogno di vedere gente.
- che hai?, chiese Jaqueline, che intanto è rientrata nella mia vita per forza tramite una telefonata all'acetilene.
- Niente, mi sento bene, risposi, sono andato a prendere un caffè a Mondello, con Lore.
- piuttosto te, mi sembri triste, come si suol dire : excusatio non petita accusatio manifesta...
-Niente sono solo un po' giù, rispose jacky.
-Il mio capo m'ha mandata su tutte le furie, dice che non ci sono i soldi per riparare il computer del noleggio auto, così mi trovo a compilare dieci fogli per volta per un noleggio.

Siamo andati a mondello con Silvestro. Silvestro l'ho conosciuto tramite Sofia. È geniale per le canzoni inglesi, le sa tutte ed è anche molto rispettoso.
Tutto sommato Lory mi riporta coi piedi per terra. Si parla sempre di droghe.
Sto leggendo "cinquanta sfumature di nero", finalmente un libro che mi prende. Sto ascoltando Jim Morrison, che voce, che sex-appeal. Anto mi dice che è stato trovato in una vasca da bagno.
Ma te lo ricordi lo spettacolo della Paruta, in vasca da bagno coi tacchi a spillo. Il testo era mio e di Copi.
. La vasca da bagno gentilmente prestata da mio padre. Certe volte mi chiedo se non siamo vasche da bagno, pronte per essere riempite di acqua e sali.
Marcello quel giorno non aprì bocca.

Per fortuna le taverne pullulano, a Palermo c'è una via tutta ristoranti, come a Bruxelles, ove mi recai dopo il duemila.
Adoro certe volte il silenzio, spezzato com'è per le vie sbilenche del cosmo-Sicilia.
Palermo è un microcosmo, ma ti ci puoi perdere anche dopo la quarantina.
-sei uno zoticone, disse jaqueline, -te ne fotti degli altri!
Ci sono, a Palermo, certe strade gialle che non conosci, filari di mura lisce, coi vetri sopra. Ci stanno anche i benzinai, poi però ti ritrovi ai Cappuccini e dici ah ma com'è piccola, devo aver girato su me stesso.
Marianna, la domestica prepara un'altra quiche al formaggio.
Ma se sono sempre serio e rispettoso, cazzo
Il turpiloquio mi avvelena le giornate.
Gliel'avevo detto a Jacky di non scendere così vestita col tulle delle principesse e l'abito blu notte che le stringe la vita.
- ma che città strana, ingorda disse a un tratto Marcello. Attrae e repelle.
Vedo il Pellegrino maestoso e nero da mane a sera.
Il mio refugium è un appartamento al decimo piano.
Dove certe volte, ma devono essere rare, si "scende" per comprare.
Mele, la bistecca di maiale, l'agnello, il pesce, le siga, le cartine rizla, il fumo o erba e la coca.
- voglio andare allo Zen, disse Jaqueline col suo fare da sacerdotessa .
Sono in macchina, lo stereo a tutto volume e sto per andare.
Autobahn. Con Silvy tutto è semplice, non parla troppo per fortuna.
Sentiamo il provenzano DJ Show.
Jacky è felice. Potremo tirare in santa pace nella via che sappiamo noi e farci gli addominali senza bisogno di sudare in palestra.

Filari di case, montagne gittanti sul cielo da dove certe mattine sgorga fumo e zolfo.
Siamo ancora in autostrada, ora ci rispolveriamo il naso.
Che sono stato coglione a farmi nella mano.
È un giorno che non la sento mia.
Negli anni novanta, anni di declino culturale, "smembramento" fu un libello tradotto da Einaudi Stile libero.
Ma che farò a scuola? Certamente scriverò il mio romanzo e parlerò con la bidella.
Che figura mitica la bidella dell'Umberto sempre col suo grembiule nero, lei, la nana del terzo piano, non apriva mai bocca.

Marcello era impaziente. La zia Ninì non scendeva. Abbiamo la clinica a due passi. Che brutto nome la parola noia, sconquassa gli animi.

- chissà in che dimensione saremo una volta morti.
- senti, jacky, non ci voglio pensare mai alla morte, avverrà e sarà Stupefacente.Tanto i fantasmi, se evocati, si formano da soli. E questa è la prova della resurrezione.
-appaiono anche quando non li evochi, rispose indispettita, sono figure delle nostre paure
- bella questa, dove l'hai letta?
- me la sono inventata di sana pianta. Sono un'arca di scienza.

Ho parlato con Lety tutto il giorno. Lei è anche figlia di separati e ne sente di tutti i colori.
Però sto Pannella è stato mitico, pensa al sudore di mio padre la sera, o le incazzature tipo la marmellata, certo avrei rigato più dritto.
Sento lo schhh della coca nelle meningi.

Sono a scuola finalmente, la mano non mi fa più male, ma ti ricordi quando facemmo la festa di capodanno, eri vestita tutta di nero, sciantosissima, col decolletes.
- ma quando la finirai di avere paura?
-non ho paura.
-sono le sei del mattino, quelle mi fanno paura, quelle in cui non si sentono voci di uomini e uno è solo coi suoi fantasmi notturni, per questo accendo sempre la luce, la luce per scacciare i fantasmi, poi sale l'odore di cornetti e la giornata comincia.
Spero che non mi abbiano rubato la sigaretta elettronica, sarebbe il massimo.
Non si può possedere niente in questa città, tutto ti viene rubato, tolto, trafugato o perso. Il fatto è che non si può servire a ad Dio e a mammona.
Sti vangeli sono antichi.
È Palermo, con le sue mille trazzere e i contadini e i paesani di Valguarnera che solcano le strade in attesa della comunione della bambina.
È Palermo coi fori sui copertoni per le strade di Ballarò, dove Antonio e Pasquale troneggiano sulle scritte lungo filari di mura scalcinate. Spray blu.

Qui parlano di riduzione degli stipendi, ma sono pazzi scatenati, tra poco non avremo come calare la pasta. Intanto la bidella non viene e sono arrabbiato.
Oggi i ragazzi volevano fare sciopero. E ci sono tutte le mamme e i papà nell'androne che gridano per il riscaldamento.
Scriviamo, scriviamo come forsennati, anche su silvanobaldi.blogspot.com.
Ascolto radio time , c'è Caponetto che allieta le mattine col suo vocione da sparviero
Aspetto i fanciulli per dar loro qualche libro, intanto scrivo.

Scrivo.
Vogliono tutti mangiare, mangiare a sbafo.
La stanza da lavoro è una biblioteca abbastanza fornita.
Ci sono i libri per ragazzi e i libri per gli adulti.
Tra i libri degli adulti c'è pure l'Ariosto.
Tra i libri per ragazzi c'è Kim, Salgari, il diario di Anna Frank, poi la ragazza di Bube e diceria dell'untore, museo d'ombre e i modelli della memoria del Cornoldi.
Ho chiesto a Ganazzoli di fare aggiustare il computer, spero non sia lettera morta.
Tra poco mi farò portare il mio caffè nero bollente da sorseggiare tra le nove e le dieci . A mezzogiorno esco. Peccato. Qui mi trovo molto bene.
A scuola ho pure la radiolina.

Mi sono spostato a radio montecarlo, una radio bella, mettono canzoni orecchiabili per le nove del mattino. Ma poi adoro anche dj, m2o, radio italia, radio sis, sicar, time, action e radio tre.
- ehi, che fai, te la dai una smossa, andiamo a prendere un caffè al Màlaga, lo fanno buonissimo.
Ma come, devo restare qua fino alle dodici!
Jaqueline alzò la testa.
Sussurrò , ma sto ancora dormendo, come pretendi, mi devo vestire.
Si alza. Indossa il solito tailleur grigio e scendiamo al Màlaga.
Al Màlaga la televisione a un volume improbabile ci distrae, ci fa svegliare del tutto.
Lei mi viene a prendere, io prendo un permesso e andiamo. Ritorno.
Penso che una delle costanti del nostro secolo sarà l'alternanza tra volumi alti e bassi.
Sono nuovamente a scuola : i rumori dei bambini allietano questo lunghissimo 30 gennaio.
Uno dei giorni più freddi dell'anno.
È arrivata la segretaria. È dolce la segretaria, si fa gli affari suoi.
Arriva Jaqueline a scuola. A casa anon poteva stare. Era smaniosa. Voleva uscire. Indossa un cappello a falde larghe rosso e un vestitino bisnco e rosso.
-dai, ora andiamo a Mondello e poi all'Aspra, voglio solcare le vie di Palermo, fa Jacky, in preda a un sussulto di passione.
-ok, ok. Ci andremo.
Intanto dobbiamo fare benza e non è cosa da poco. Prendo un permesso per motivi familiari. La malinconia di Jacky.
Guadagno 1000 euro al mese e la posso accontentare molto poco.
Sempre meno a dire il vero.

Per fortuna la corsa al rincaro dei prezzi degli alimentari s'è fermata.
Giorno dopo. Torno dans la biblioteque.
Sono a scuola. Ovviamente non c'è connessione per i bibliotecari e neanche riscaldamento sia per gli allievi che per i fuori ruolo...
Spero solo nella memoria del computer.
Isabella indossa occhialoni scuri. È una supplente di scienze. Entra in biblioteca, vuole un libro di scienze naturali. Glielo dò. Ho le cuffiette. Non sento lo squillo del telefono della scuola. La biblioteca è molto vicino alla portineria.
Ascolto radio Montecarlo. C'è uno speaker davvero simpatico.
Ieri alla camera hanno fumato una canna. Una madre s'inalbera.
Dice che ha scoperto cose turche, che la mariuana gira anche per gli oratori.

La cultura dello sballo oramai è dilagante e connaturata.
Oramai bisogna legalizzarla, distruggere le mafie legate alla droga.
Vorrei tanti coffeshop. Sono i giorni della merla.
La mano risponde meglio, la botta è passata.
Finalmente ho trovato la mia stazione radio.
In questo spicchio finale di Gennaio ho fatto cose pazze.
Le pareti della scuola sono piene di poster di Peppino Impastato, un martire della mafia, che ha pagato con la vita il fatto di aver detto da Capaci che la mafia è una montagna di merda.

Chiudo per un attimo gli occhi. Devo far passare due ore.
La porta è sempre aperta. Cazzo anche la radio fa le bizze.
Claire, una mia amica, è distesa sul suo sofà bianco panna quando arriva la telefonata di Corradina, m'hanno trasferita, trasferita, finalmente tornerò a Palermo, città che adoro.
Sono contento. Corradina torna. Saremo meno soli.
Intanto la voce di una reclame di macchina, una peujeot, allieta le nove e cinquantasette.
Ho tirato. Mi sento più sveglio.

Le bidelle parlano in portineria. Il telefono squilla sempre. È un po' tedioso.
Francesca mi segue da Bergamo, è stata la mia insegnante di rowling, un modo divino per metter su muscoli.
Ora è a Bergamo e ha due figli. Io sono rimasto a Palermo e sono senza figli.
La chiamo. - ehi, Francy, tutto bene?
-si, mi risponde, i figliuoli danno molto da fare.
Lo spinning e il rowling mi danno molto da fare e non trovo il tempo per coccolare il mio amato maritino. Faccio pure delle trasferte. Coi figli il tempo

lo so ritagliare. Stiamo insieme quando ci alziamo, poi a pranzo quando escono da scuola. Li vado a prendere io. E poi quando torno la sera alle sette. Penso sia sufficiente per non farli crescere come due sbandati.
Chiudo la telefonata. Il telefono squilla.
Io sono pazzo per la danza. A palermo per fortuna c'è lo,stage con la sua ballerina-commessa americana da far accapponar la pelle.
Pretendo che i maschi si mettano la gonna.

Sulle radio palermitane il livello del logos è bassissimo. Parlano di tavolozze del cesso schizzate dalla pipì.
Ma ti ricordi quando sentivamo la parola errore quando solcavamo laFavorita per andare a Mondello? Uno strazio.
Dovrò fare i conti con l'abbattimento delle abitudini più costose.
Ma passerà.
Intanto ascolto la radio. Mi fa un certo effetto.
Trasmettono Marco Mengoni, uno sbarbatello molto simpatico.
Finalmente le dieci e venti. È entrata la mia assistente preferita.
Sta trasportando una sedia, dalla biblioteca alla portineria.

Ti ricordi quando gustammo l'oppio a Ballarò, quella folle coi capelli nero corvino, truccatissima, ce lo offrì per la modica cifra di venti euro. Provammo una sensazione stranissima.. Ma che durò poco. Inseguo la trasgressione, quello che la vita propone.
M2o, la radio che ascolta Max, il pellaio.

Odio l'odore di fritto. Mi riporta a quando ero a scuola e finivano le lezioni che adoravo.
Jacky è sempre più bella. Decidiamo di andare da Chamade, il ristorante più lussuoso della città.
Ordiniamo pesce e patate, vino bianco, ostriche e per dessert la torta ai mirtilli e al cioccolatto.
Paghiamo poi usciamo e corriamo verso Sferracavallo
.è una località balneare di Palermo. Lì ci fermiamo in un bar per un caffè e proseguiamo per il lungomare.
Che grinta ragazzi, mi sento il diavolo in corpo...
Quando invito qualcuno a palermo mi scompaiono sempre,gli accendini...

Pillole di saggezza o bieca realtà. Non c'è scampo.
La realtà è pregna di saggezza. Un movimento è un pensiero, una parola è un pensiero, anche uno sguardo può racchiudere un pensiero.
Rise and fall.

Finalmente Sting. Lo adoro.
Ho avuto molti amici in vita mia.
Facevo le festine a casa mia sempre piene di gente bella.
Flora, Federica, Gaetano, Enrico.

Ma lo sapevi che Jackson Pollock è morto a quarantaquattro anni, e Chopin a trentanove e Mozart a ventinove?
Ci possiamo ritenere fortunati che siamo arrivati a quarantatré.
Ventidue.
Ricreazione. Vociare di fanciulli per le stanze della scuola. Professori indaffarati a mantenere l'ordine. Fa un freddo boia.
Palermo oggi ha il cielo grigio. Urla, schiamazzi.
Jaqueline è al lavoro. Affitta macchine, alla Hertz. È un lavoro che le piace.
È contenta quando affittano una jeep o una jaguar anche perchè le danno un premio in denaro.
Marcello, invece, passa, come ormai sapete, le mattine in una biblioteca.
Oggi è giovedì, i bambini escono alle quattro.
Alla Hertz odore di metallo e detersivo. Tavoli di vetro e elettricità nell'aria.

Un giorno Jaqueline e Marcello fecero una gran cena.
- mi prendono per un robot, Jacky, solo perché mi sparo in vena
- ci resterai una di queste sere...
Fanculo, fanculo, ho i coglioni rotti di questo sound boia malefico e perbenista. Vociare, non essere in contatto col mondo
- ti si sta aprendo il cervello come una mucca, parli coi morti, Marcy!
- fanculo non parlo coi morti, parlo coi bambini che mi mandano al diavolo e sanno essere dolcissimi
- eutrucilym coca, che nome strano, morte dolce mio caro, a cinquantott'anni avrai l'infarto e addio lamenti...
- dici?
- dico
- dico che preferirei morire con lunghi e interminabili dolori
- allora non ti fare più, scemo, il cuore si sgrana...
- suca non si sgrana!
- Marcy, ti odio quando usi il turpiloquio.
E poi basta parlar di morte , guardiamo questo Giugno così polare, lo so che conla coca determini il clima, l'andatura del vento, che se dici Eunoè per il gran diluvio, poi puoi gustarti il planeta 2015 annacquato, ma da lì a bucarsi come un toro nell'arena...
- Ho l'agofilia, mi piace vedere il sangue porpora salire su per la siringa!
- sei malato marcy, fatti curare?

- dove, dove, nelle comunità a far piantine e canti di natale coi tossici che ti rifilano la coca la domenica?
No, non me la sento.
Vennero Sophie, Gianluigi e Silvio. Mangiarono bistecche di vitello e patate fritte.
-dai, divertiamoci, è capodanno, dobbamo tirar tardi, stappare lo champagne con la televisione. Alla radio parlano di aids.
Pure il giorno di capodanno, cazzo. La casa è gialla. Le pareti son dipinte di giallo. La cena riesce bene. Si fanno quattro risate e ognuno è amabilmente al suo posto.
Le vacanze vanno bene. Il sette si ritorna a scuola. La scuola ha le pareti mezzo grigie e mezzo bianche.
C'è, come già detto, una bidella simpaticissima che smista le telefonate.
Io sto con la radio accesa in biblioteca. Oggi, non appena esco, voglio fare una bella passeggiata allo Zen per una scorpacciata di fragoloni.
Allo Zen vendono di tutto.
Anche se è un quartiere relativamente nuovo , si son attrezzati bene.
È un quartiere a nord di Palermo, con le strade a forma di graticola, tutte orizzontali e verticali.
Alla radio invogliano ad andare al cinema, in effetti certe volte è un tocca sana.
Piango poco. Piango soltanto quando le cose mi vanno veramente male.
A Palermo c'è un cinema che odio. È l'Aurora. Li altri li amo. Il Tiffany e il Fiamma hanno chiuso per sempre i battenti.

Oggi Francy ha commentato una cobla oscena del manoscritto G.
Francy è un mio amico di vecchia data. Siamo cresciuti insieme a scuola di teatro - il Teatès - un periodo veramente spensierato e felice della mia vita.
Gli altri certe volte sono stati uno strazio: per questo me ne sto con le cuffiette e l'ipad chiuso nella mia stanzetta aspettando le due.
Devo chiedere se mi hanno dato il full time.
La biblioteca ha otto scaffali, tutti pieni di libri.
Finalmente una musica di Kravitz. È stata la colonna sonora di quando sono andato in America, a Boston e a New York. Viaggio aprilino , veramente divertente, era il novantanove. Poi nonna è morta ad Agosto, la tenerissima Haydèe.

Ho una sorellastra. Ora si dice che si può chiamare sorella. La matrigna è un po' logorroica ma persona per bene e a modo. Che bello stanno passando le quattro ore di lavoro.

Ho abbandonato il mi rifugio di via lulli per trasferirmi in questo di via Gubbio.
I miei prossimi viaggi? Puglia e San Pietroburgo, sulle orme di Dostoevsky.
Ho amato molto il teatro da bambino e da ragazzo. Poi l'amore è svanito. Mi piace il teatro che porta in uno stato di trance, non quello realistico. Non mi piace sentire scimmiottare l'umano favellar in scena. Voglio atmosfere ambient, house, oniriche, assolute., che parlino il linguaggio di Dio e della tecnologia.

26
Ho una voglia pazza di sentirti e non mi rispondi. Chiamo Jaqueline da,piu dimun ora ma questa merda di telefonino mi dà la segreteriame quella voce insolente di donna mi dice windmil telefonompotrebbe essere spento.
Mamma sta meglio. Il mio amore per la scrittura sale quanto il suo per la psicologia.

Jacky non sa niente di Luna. È una mia vecchia amica del liceo con cui facciamo l'amore una volta ogni mese. Ovviamente non sa niente, sennò mi lascerebbe.
Oggi non ho ancora mangiato. Ho preso del caffè al Monterosa e poi basta, voglio tirare fino alle cinque, quando mi berrò il latte macchiato con cornetto.
Dai, Jacky, andiamo a sciare quest'anno, facciamo il prestito e andiamo a sciare. Voglio vedere la valle D'Aosta. Dicono che sia splendida. Per noi siciliani è lontanissima.
Jacky non mi accontenta, dice che il prestito peserebbe sulle nostre teste per dieci anni e non se l'accolla.
Finito lavoro. Torno a casa : via Lulli. Il cameriere filippino ha finito. Jacky è in camera da letto che scrive di psicologia.
S'è iscritta alla facoltà e quando ha tempo libero si dedica alla psico.
Vorrebbe abbandonare il lavoro alla hertz, ma per ora si deve ancora laureare.
Mi parla sempre di transfert, lettino, freud, Jung, Klein e poi mi racconta di cocomplesso l'animo umano.
Io, invece, mi occupo di quello che resterà dell'animo umano. Amo le lettere.
Adesso scendo con Silvy, l'amico fidato, per una scorpacciata d'erba. Dopo andremo al cine a vedere l'ultimo americano dal titolo the Inspector. Con Brad.

27
Siamo rientrati con Silvio da una scorpacciata di fragoloni alla Zisa. La Zisa è un quartiere a nord ovest di Palermo. È nota per il suo castello. Ci siamo andati in macchina, una fiesta blu notte che risponde perfettamente ai

comandi. Adesso siamo rientrati, abbiamo messo la radio a tutto volume ed ascoltiamo la trance e la house e l'hip hop.
Il preside è carinissimo.

28
Gianluca non lo conosco bene anche se mi fa una sincera simpatia. Andiamo a prendere l'aperitivo da Di Martino. Ci sediamo sui tavolini metallici.
Non abbiamo tante cose da dirci, solo, come stai, come sta il cane, il lavoro, la scuola, Jaqueline.

29
Jacky mi guarda strano. Abbassa per un attimo la cornetta. È al telefono con Gemma, sua madre. -dai, sto parlando. Forse mia madre mi compra la macchina.
Sto a sentirla. Davvero, sono felice. Allora mi fai la Smart. Io opterei per la BMW , ma la Smart mi fa un sacco di simpatia.
Digerisco il lutto in men che non si dica e accendo la radio a tutto volume. Lo penso. L'assenza comincia a farsi sentire. Le mie incazzature al telefono, le telefonate belle, le poche visite che mi e gli facevo.

30
Siamo usciti. Palermo è tutta buche però è spelndida. Ha un cielo che ti sorprende sempre.
Mia madre ha pianto come una capretta sgozzata. Sta benone anche se ha l'enfisema.
Percorriamo in tre via Paternò, per vedere una mostra di una certa Jasmina.
È una lotta allo sconquasso, a chi c'ha più roba.
Ahi, Verga, come l'hai saputa lunga, scelsi lettere classiche per lui, per onorare la sua memoria.
Ora Marcello legge un libro di Dostoevsky.
- se mamma ci dà i soldi voglio andare a Catania.
Jaqueline era zitta. Incazzatissima. Adorava sua figlia. Due cuscini nel bel mezzo del divano.

31
Chiamami ***, voglio sentire la tua voce. Sta arrivando Sofia. Domani parte per Parigi. Ascoltiamo di nuovo il Provenzano DJ SHOW! Un programma molto ben fatto.

Le quattro. Si apre il commercio. Sono strafatto. Due stecchette di haschich buonissimo allo Zen, dal mio amico, e il pomeriggio vola via. Che cielo strano, arancione, quest'oggi.
Marcello si mosse, prese di nuovo a fumare. Strafatto. Ma te li ricordi quei due che morirono di overdose in una casetta o la suicidia di via Dante e quell'altra di torre Sperlinga?
Ci abitava un mio amico, e una volta lo passai a prendere.
Jaqueline era felice, non le avevano rubato la macchina, che giaceva beata e posteggiata in via Lulli.
Marcello dice: ma dove abbiamo posteggiato?
-al Crispi.
È lui, mi sente, tira un vento..., le finestre scricchiolano, hanno acciuffato lo stupratore di Bologna.
-andiamo a Ballarò, disse Jacky, lì ci sono tutti gli studenti universitari.
- ma che cazzo dici, tira un vento, vogli restare al calduccio della mia casetta con Silvy.
Intanto Sofia non viene.
È una matta.
Le strade a Palermo sono vorticose, oggi m'è venuto quasi di svenire. Intanto allo Zen le donne urlavano, Francesca, Rosalia, Valentina, Pia.
Avevamo telefonato a Jeanlouis, l'amico di sempre.
Che bellezza d'uomo, un esemplare perfetto di Rizzi.
Gianlu invece dormiva. Dormiva fino alle quattro per poi allietare le persone con le sue menate su autocad. Che vento strano, signora mia, le finestre scricchiolano, per fortuna rifanno il palazzo, se viene il terremoto perdute siamo.

Sono in uno stato di trance, il giallo delle note mi disgusta. Maman non torna e sto in ansia. Per fortuna c'ho il caffè,e le sigarette.
Le domeniche sono belle a Palermo, si ripigliano le fila della settiman!e e ci si pensa stipati in un ascensore di Charing Cross o in un minuscolo bugigattolo dalle parti di Castlebar Road a fumare i primi spinelli.
Finalmente la tv funziona. Siamo al meteo. Ora ci sarà la vita in diretta. Che bello.
Si può scegliere tra radio e tele e pad. Tra un po' vado in puglia col Silvy.
Si starà bene là.
Marcello prese a smaniare. Tirava un vento della malora.
Jaqueline vede la vita in diretta?
Ce lo chiediamo da sempre.

32

Marcy sospirava.

Benedetto, il papa, pregava. Tirava un vento della malora e aspettavamo la mamma, i risultati degli esami, la settimana enigmistica.

-dai, Jacky, andiamo, tuffiamoci nel mare nero di Gennaio. Tuffiamoci.

- ma sta zitto, se una volta lo stavi per fare davvero.

Ero davvero scoglionato. Me n'andai in madchina a Valdesi con un masso, volevo annegarmi nel mare azzurro di Mondello, poi, per l'acqua fredda ho desistito.

33

La tv è sul tre.

Parlavano di lavastovigle, e piatti da sistemare.

Dobbiamo fare un pranzo, Marcy, uno di quelii veri, dove si ride a crepapelle.

La mano mi fa meno male.

È strano quando ti accorgi che un arto è malato , è come se ti mancasse qualcosa, non il padre, non la madre, soltanto è che hai la sensazione del dolore che è tristissima. Andammo al Gonzaga: Via Piersanti Mattarella, schizzanti di gioia. Maman stava tornando. Le lasse dell'Ariosto sono splendide.

Oggi il conduttore di rai tre ha degli occhi bellissimi. Chissà come si vive per ora a Roma, l'ultima volta, a San Gregorio fu un disastro. Hotel squallidissimo. Gente poca. Pelle pochissima.

Gianlu andò a Berna, quell'anno, lungo le volute del fiume Aaar.

Jacky russava. Il suo amico l'aveva lasciata e Gabry, suo cugino, era felice e contento.

Le triadi della familia sono terrificanti.

No, non proprio terrificanti, sono gemme che danno in tv alle cinque del pomeriggio.

Marcello decise di andare da Gae, il dispensatore di gay e d'alcolici.

Della visione dei gay, badiamo. Che il sesso era bandito.

Invece a Londra, ad Amsterdam, com'è tutto chiaro e splendente alla luce rossa del buio nelle dark.

34

Avevo zittito la tv. Reclamizzavano un detersivo. Il massimo.

Taffy scriveva.

Taffy è un'amica nuova, una di quelle che vengono dal Nord, una tosta, una che il vangelo e il francese lo sa, una di Halloween, degli incontri da Di Martino, delle scorpacciate di crudo e vinello fino a Piazza Italia, quartiere

Malaspina, benedetto, col carcere minorile dove certe sere i reclusi si vedono farsi le seghe.
Tira un vento... nei giorni della merla del quattordici, signora mia, che dirle, soltanto un sentore, un malessere che non le so dire.
Marcello s'era svegliato.
Aveva preso a guardare la vita in diretta e poi era passato sul tre, per poi zompettare sul quattro dove facevano la reclame del vagisil.

35
Ma che bello scrivere con due mani, signora mia. Maman...
Non voglio pensare al peggio.
.Non lo sopporterei.
È una giovane vigorosa di sessantott'anni, ce la farà per altri dieci.
Giuly, Giuly, non te la chiamare, abbassa le saracinesche, non mettere mai "chiuso per lutto" , che sarebbe una disgrazia.
Dai Torregrossa le vetrine squarciiate , spray e vernici sarebbero volate nel cielo, e la pianta che ci eravamo comperata coi soldi dell'insegnamneto avrebbe cominciato a vorticare con movimenti vorticosi nel bel mezzo della terrazza.
Saremo stati con Silvy, il faccendiere, l'autista, l'amico, l' amante.
Io voglio un bambino con Silvestro, ce n'andremo in Francia,per sposarci.
Che bello.

Sto leggendo l'Ulisse, in inglese, un tantino ostico, un tantino ostinato, certe idee fisse e le maiuscole e il tu e il lei, e i nomi delle persone vive e delle persone morte, e le citazioni in latino, in italiano...
Mamma era arrivata.
Mia madre non è guarita, cazzo e io che recitavo all'amica risanata in quel di Tivoli, con Federica e all'Einstein a gran voce a scolari attenti e premurosi e scassacazzi.
Le donne camminano con le gambe incrociate, lo trovo magnifico, l'ultima,trovata per fare arrapare un maschio che dovrebbe sempre camminare alle dieci e dieci.

Per fortuna Non si deve ricoverare, sono felice, oggi d'una felicità asurda.
Indossa un paltò marrone e un cappellino bianco. È sinuosa come solo certe madri sanno essere.
Sa di timo, polpette, pesce arrosto, sangue di vitello, vino, canne, coca e fumo, giamburrasca e barbapapà in tv.

36
Per non impazzire di noia ci si ritirava a scrivere in salotto, come preso da una sordida collera, che sfociava poi . nella richiesta del cinquantino.
L'andazzo era questo. Lavata di mani. Silenzio. Spenta di luce. Struscìo.
Gremita la vucciria. Dai bastioni di corso vittorio solo smog e facce strane, saremmo andati allo Zen, dove la coca l'hanno buona, e me la sarei tirata meravigliosamente in ford blu notte, targata EH.
Poi, il deliquio. Via Sampolo infestata di fantasmi e i chilometri della città-polpo con la radio che era un misto,di sceicchi, hip hop e canzonimnapoletane.
Una dormita di dimensioni immani.
Poichè a chi ha sarà dato e a chi non ha sarà tolto anche quello che ha.

37
Louis non è venuto.
Il libro sul teatro si Sylvano Bussotti è bellissimo.
Finalmente la fine del mondo con Fabio Del Vivo. Citano Facebook. Bello. Parlano di un signore di Parma. Per un like rischia una condanna. Marcello russava. Angie frignava.
Fede era assente.
L'unica era uscire, solcare le sette col macchinone, andare al Nord, per una partita, una scinnuta alla Favo ed era fatta, questa Selvaggia Lucarelli Mi perseguita da cent'anni, è davvero una stalker.
Hanno messo la canzone di un nero. Chissà a Ballarò, quanti bambini. Beacouse i'm happy, questo dicono le radio. Fino a quando questo i pad non esploderà continuerò a scrivere.

38
Marcello dormiva, dormiva, tirava un vento che quasi quasi saremmo scesi per una tiratina.
Avevamo lasciato Silvy a Monreale. Flari di alberi avrebbero accompagnato il nostro tragitto.
Maman m'aveva dato una notizia ferale.
Stanno facendo i tram, così quando saremo vecchi andremo a Borgo Nuovo a respirare l'aria.
Sul tram ci sarà la voce della signorina che scandirà i nomi delle fermate, Leonardo da Vinci, Notarbartolo e via dicendo.

39
Mulinelli a vento, love is my star, Maggiore va giù di brutta quando seleziona una camzone italiana e una inglese.

Schillaci conza una canna e Pino Leto col Cassetta a imbastire discorsi di giurisprudenza.
Marcello non mi tradire oggi, voglio la tua anima appesa a un traliccio di poesia.

40
Giorno di paga. Faccio la fila in banca per il bancomat e la carta di credito e poi vado per la carta d'identità. Ad Aprile vado a Bahia, Rio e Bogotà.
Non me lo leverà nessuno dalla testa.
Jaqueline intanto stava guardando 'tale e quale show' che ancora imperversava nella tv popolare.
L'unica certezza era il 'sveglia son le otto, mi alzo oppure resto a letto' con Da Silva e Russo su m2o.
Il resto fandonie, fandonie e clacson e ambulanze.

41
È venuto Nico e siamo contenti. Postiamo foto su facebook.
Lo invito ad andare a casa mia per prendere il fumo e le cartine, così potremo conzare alla vucciria e dar di matto.
Dce che la 'iauasca' purifichi, io non l'ho mai provata. A Palermo non si trova.
Una delle poche droghe che non ho provato.

42
Jaqueline scriveva le sue memorie.
Ma ti ricordi quel tavolo da pranzo, nello York, tu non dicesti una parola.
E io mi mortificai.
Marcello era così, taciturno, maldestro.
Ma andiamo avanti con la storia di Jaqueline. Era figlia di un matrimonio misto, Aveva contratto a Dublino la polmonite ed era scesa in Sicilia a godersi le amenità del luogo.
La notte v'è luce. È al neon, che paiono lune mezzo tramortite. Neon santo, neon bello, fai luce pure all&'aisnello che son davver rincoglionita e Marcello non m'aita
- sei prorpio na buffona lo sai che il vento non oerdona.
Siamo angiugno e c'è un freddo da tagliarlo con l'accetta. Io e ajacky ci siwmo fatti in bagno, con le braccia piene di sangue. Quella rincoglionita ei zia amarisa ci indica le vene e sofia agerbino ci aiuta
- non sei popolare marcy, voglio che divnti popolare cos facciamo i woldi
- tuti li vogliono i woldi, ri ncoglionita, è una corsa al sorpasso.

Adoravamo di vedere i gran premi alla tv anche con tutte quelle voci nasali che regazzoni si sarà tirato l'ottantina prima de parlare
- quando parli in romano tiodio, sei di panormo, mettitelo i testa, città alta, turrita, medievale e piena d verde, più bella di roma. Così mite e silenziosa che c'è ure er torregrossa.
Si baciarono nella fors diesta blu cobalto in via antonio veneziano lei discinta, col laccio emostatico sull'avanbraccio, lui sudato col sentor di codeina.

43
Ma ti ricordi di Valeria, di com'è bella, romanaccia.
Una volta ci disse di metterci le cinture se no ci andavamo a sfracellare.
Nico, un mio amico di giovinezza ha colonizzato il Brasile e la Colombia facendo l'artista da strada, infatti ora fa un olezzo immndo.
Vedemmo io e Jaqueline un drago di dimensioni immense, era l'icona dell'ipad, un nuovo gioco americano del draghetto.
Passano sempre sti giochi k Di santo, per genitori annoiati, per genitori privi di fantasia, per genitori menefreghisti.
Amiamo il piccolo c'è poco da fare. Da quando è uscito il libello rosso, più piccolo è meglio è.

- tutto il mondo è paese marcello, sei fissato tu e le tue fisime da grecista.
Le foto su fcebook abbondavano.
Gianlu era attaccato alla tele.
Non ho mai rubato in vita mia, non so che significhi rubare una moto o una macchina, devi sentire un rumore nella testa che ti perseguita.

44
Te lo ricordi Massi, Jaqueline, quello morto di setticemia a quarantaquattro anni, ebbene me lo sono fatto, ci ho dormito da Dio, senza sonniferi e senza niente. Forse con un dalmadorm. Era bello Massi, s'è tolto la vita bucandosi. Si bucava di ero e coca da mane a sera e dipingeva, dipingeva, non si fermava mai. Vendeva i quadri e si bucava.
Ma basta parlare di lui, troppa tristezza. Mi ha fatto anche l'autoritratto. E Tiziano, quello che ti ha fottuto il computer? Quello si è dileguato come io mi dileguo dalla Vucciria quando è tardi e non tira aria,buona. ho costretto Nico ad andarsene, è stato un piacere immenso. Attento non peccare
Castlebar, castlebar. Ritorna sempre questa via nella mia testa. Il ventitré vado in Puglia, a Lecce, a Taranto e in val d'Aosta, a maggio in Brasile, in Clombia e, a Novembre, a San Pietroburgo.
Ma tiziano, quel pomeriggio ameno a Carini a dar di matto sugli scogli...

45
L'anno dei miei genitori. Sono due toki, mi fanno fare quello che voglio. Tutto sommato sono uno yuppie. Alla radio sirene di donne raccapriccianti. La migliore è m2o che stupisce sempre.

Mi son bevuto un po' di syrah, chissà che effetto farà sul mio scrivere, se mi condurrà tra le vie della verità o quelle della menzogna, il conduttore a mezzanotte è inglese, quindi costringe ad alzare il volume.

Per fortuna non mi muovo, voglio che tutto venga a me, come quando ti alzi e ti senti in un'altra dimensine. Più rarefatta e devi fissare qualcosa sennò svieni.

46
Ho letto Consolo da bambino, ne sono rimasto affascinato, poi Bufalino sulla terrazza dei Paterna, la casa sul mare che affittavamo a San Vito Lo Capo.
Questa Lewis va per la maggiore, in effetti la prosa scorre e i dialoghi anche. Solo che si sente il puzzo dei sobborghi americani che saranno veramente lerci. Via Roma.
Una volta sono stato in america me lo ricordo, un grande bar di metallo e un giovanotto coi jeans sdruciti e il paltò appoggiato sul bancone. Harmy van Drewen. La vita è un ruscello, dice Joyce nell'Ulisse e in effetti un bicchiere di vino 'syrah' Me lo farei.
È un po' grevio ma sale lo stesso e ti dà l'ebbrezza di una canna d'erba. Quando saremo poveri ci nutriremo di vino e contineremo a scrivere, cazzo, a fare dei nomi.

47
Detesto i trans, non ci andrei mai. Mi fanno schifo.
Amo solo Pirandllo e la scuola,senza quella non potri vivere.
Che sciantosa Elisabetta di Palermo, scende da Bagheria il giovedì sera, dice che a Bagheria si trova male, sta in una casa teatro.
Nico è da Giusva che si deve operare di ernia, poveretta. Spengo la radio, o il cervello, preferisco il suono dei battiti dell'ipad.
Non dir quattro se non ce l'hai nel sacco. Questa frase mi ha perseguitato durante i giorni del ricovero di mamma.
Mi spalmavo la crema in faccia, la crema restava sulle mani, me la volevo togliere. Ho sbattuto contro un divano.
Saremo quello che faremo.

48
Che anno orribile che sarà il quarantottesimo, secondo me sarà foriero di sventure.

Tutta Palermo scrive. Poco fa mi sono uscite due lacrime.
Forse pensavo a Lucy.
Quanti morti a quarantadue anni, potresti rimpire il calendario.
In Sicilia la rete di conoscenze è molto fitta, ma non ci si parla se si è seduti lontano più di cinquanta centimetri. Non ci sentiamo. Sebbene l'eco che apporta Monte Pellegrino sia notevole non ci sentiamo, siamo figli di Nicola e di Daniele, isordi.
Ma te lo ricordi quel sordomuto alla Guttuso, la scuola di Iachino? Com'era garbato. E lavorava sodo. Sebben non ci sentisse
- sebben noi siamo donne, paura non abbiam, era questo il refrain che circolava ampalermo nel quattordici. Anno di grazia, di rime, di assunzioni massamotine, di legami di mafia, di strette d'amicizia, del vero amore.
Marci è sovrapensiero, stratifica l'eco rumoroso dell'orologio coi boatiodiosi delle motorette. Certo che i meccanici hanno una,gran responsabilità in questa città tutta eco. E a buon i tenditor poche parole.

49

Domani scuola, zompetterò alle otto del mattino in via Serradifalco, con la mia ford blu ed entrerò nella mia biblioteca. La musica trance mi riporta in reami assurdi, dicono di non mentire, come se non lo sapessimo, l'universo è troppo alto? Forse Non voglio vendette da nessuno nella mia vita, solo amore.
E grazia, quella invocata da Francesco I.
Ma com'è comprensivo questo Spotify. Regalamusica e radio ad un volume per la notte.

50

Sono scoglionata, perché non mi porti al ballo delle debuttanti disse jacky col,suo fare melodioso.,era spuntata maggie l'amica del cuore di Jacky che le consigliava quale posizione prendere durante il sonno.
Stasera, 30 gennaio, un figurone con la sigaretta elettrica alla Vicciria.
Ascolto musica amni ottanta, è d'una bellezza accecante.
L'idioma è di quelli anglosassoni. Pregno di chilometri di strade, e di come sia difficile scendere all'una di notte di un giovedì qualunque.
Domani si lavora,faccio gli,esercizi di teatro fisico nella camera da letto, quelli di Artaud e di Grotowsky. Ora danno la pubblicità, cazzo, ci invitano a creare playlist, vogliono che ci aggiorniamo a premium oer una qualità migliore. Io vorrei sentire Karma Camelion, di quel gran gngenio di boy George dal quale fui invitato con Taffy per una festa all'ecstasy nel lontano novantaquattro.

51
Marcello aveva,avuto un passato da,insegnante. Aveva insegnato al tomasi di lamoedusa, all'einsein, al,cannizzaro, all'alberico Gentili, alla guttuso, poi s'era stufato e aveva preso a fare il bibliotecario.

52
Ho il portafoglio di Milani e me ne vanto. Sta mano l'ho sbattuta proprio forte - non dovevi invitarmi, Marcello, sono cose da signori, fermarsi a piazzqle dei matrimoni con le checce,non si addice un signora.
Da un po' cimstaziona una puttana d'alto lignaggio, con macchina decappottabile BMW e due cosce veramente,interessanti.
Col prosimo stipendio mi compro la televisione con lo schermo ultrapiatto e me ne vado in val d'Aosta. Fico secco. Sparato tutto in coca.

53
Sono di nuvo in via Lulli. Ho preso il dalmadorm e la melatonina, pensomche dormirò da ghiro. Imtanto il rumore del condizionatore mi mette ansia, mi fa pensare alle bare condizionate dei morti.
27, Nunzio Morello. Là ci sta ****che mi sorveglia. Anche con lei ho una corrispondenza,d'amorosi sensi. Sono le tre, stacco.

54
Delizioso San Giovanni Bosco con lo scirocco. Entro a scuola come un signore, tutto vestito di nero, Jacky mi ha fatto le ultime raccomandazioni, mettiti il giubotto pesante, questi sono i giorni della merla.
Sono le otto. La biblioteca è leggermente umida. È venuta una bambina, ha restituito un libro verde. Una bidella ha strattonato una dodicenne. la scena mi ha fatto schifo.
Jacky s'era alzata da un po' , aveva chiamato a Maggie e le aveva detto, come stai vecchia amica, oggi è l'ultimo di Gennaio,l'inverno duro pare sia passato.
Leggo un libro di Virgilio Titone.
antonino è stato mio professore di storia del melodramma e me lo trovo in biblioteca stampato su un libro giallo.
antonino invece è morto e ha lasciato da solo Fabry, lo storico.
La verità sincera si trova? Dentro una persona, nell'incastro delle cose.
Anche un cantautore biasima i trans.
Ma hanno l'amore per i vestiti da donna, che fanno? Eppure sono simpatici, aggiungono complicanze a complicanze.
Che nebbia quest'oggi, sembra di stare a milano.

L'ozono è un colabrodo. Si viene al mondo perché un bene superiore ci ha creati. Ci credo. Bella questa canzonetta. Ma torniamo alla Boucherie. Essa è un largo che va da piaza san domenico a corso vittorio emanuele II
Ci sta quello delle crepes, il salumaio, le taverne, il panificio, il meusaro e la dark gay, e la sauna gay.

55

Ascolto radio time. Parlano in siciliano stretto, parlano di iris. Le ricerche sull'isola di Vulcano di cui disserta Titone m'intrigano . Il libro è chiuso, bisogna tagliarlo col tagliacarte. Un tagliacarte è un buono strumento per un bibliotecario. Non voglio abbandonare mai questo lavoro. Ieri coricato alle tre. Ho dormito cinwue ore, dove sono andato chissà dove. Nel regno dei cieli, in wualche soffitta con wualcuno dei miei amici, nel grembo materno, non so. Il suono dell'arpa è spettacolare. Marcello andò al lavoro tutto vestito di nero. Tirava scirocco. Domani sarebbe iniziato febbraio, il mese del carnevale, dello scherzo, dello scherno.

56

Ha aperto un nuvo pub a Palermo, Antudo. Chissà che sigla è. Lo gestisce Fulvio Pastorella, un decano della movida palermitana. Alla radio reclamizzano panifici e

Finito di stampare nel mese di Aprile 2015
per conto di Youcanprint *Self-Publishing*

www.ingramcontent.com/pod-product-compliance
Ingram Content Group UK Ltd.
Pitfield, Milton Keynes, MK11 3LW, UK
UKHW021654190726
13853UKWH00001B/255

9 788891 185389